QUELQUES MOTS

SUR LA

SUBVENTION THÉATRALE

De 250,000 Francs

Votée par le Conseil Municipal de Marseille, le 11 Mars 1867

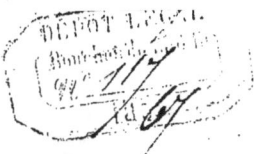

JOUR OU LA VILLE A FAIT UN

EMPRUNT DE 9 MILLIONS DE FRANCS

Prix : 20 centimes .

MARSEILLE

SE VEND CHEZ CAMOIN, LIBRAIRE

Rue Cannebière, 1.

—

1867

SUBVENTION THÉATRALE

De 250,000 francs

C.

QUELQUES MOTS

SUR LA

SUBVENTION THÉATRALE

De 250,000 Francs

Votée par le Conseil Municipal de Marseille, le 11 Mars 1867

JOUR OU LA VILLE A FAIT UN

EMPRUNT DE 9 MILLIONS DE FRANCS

Prix : 20 centimes

MARSEILLE

SE VEND CHEZ CAMOIN, LIBRAIRE
Rue Cannebière, 1.

1867

Ces lignes pourraient servir de préface aux comptes-rendus, qui seront sans doute publiés par les journaux, des séances du Conseil municipal de Marseille, relatives à la subvention théâtrale accordée pour l'exercice prochain 1867-1868.

Les séances des Conseils municipaux, on le sait, ne sont pas publiques, mais les procès-verbaux de leurs délibérations sont inscrits, par ordre de date, sur un registre spécial, et tout habitant ou contribuable de la commune a droit de demander communication de ces procès-verbaux et d'en prendre copie.

Les trois séances de notre Conseil municipal dont nous voulons parler sont celles du 8, du 11 et du 22 mars dernier.

Dans un débat de cette importance et de cette nature, qui affecte, d'une part, l'intérêt général représenté par le budget de la ville et auquel, d'autre part, s'attachaient tant d'intérêts divers et particuliers, le public peut, sans inconvénient, apprendre quelle a été l'attitude de chacun de ses représentants. Aucun d'eux ne décline la responsabilité de ses actes.

La Commission des finances, réunie à celle des Beaux-Arts par l'organe de M. Thourel, son rapporteur, proposait au Conseil d'allouer 230,000 francs au Grand-Théâtre et 20,000 francs au Gymnase, aux clauses et conditions du cahier des charges.

M. Guibert opinait pour la clause financière accordant cette subvention, mais il estimait qu'il était indispensable d'imposer en même temps au théâtre, à côté de la direction industrielle, une direction artistique et morale émanant de la municipalité.

M. Fraissinet refusait d'abord toute subvention, ainsi que M. Ailhaud.

M. Amat voulait réduire la subvention au seul remboursement

du droit des pauvres dû par les théâtres, et M. Labadié la voulait réduire au chiffre représentant le loyer de la salle.

M. Feraud proposait d'accorder 100,000 francs de subvention, avec la faculté à la direction des théâtres d'augmenter ou de diminuer à son gré le prix des places selon l'affluence prévue pour chaque représentation.

La proposition de M. Guibert n'a pas été adoptée, non plus que celles de M. Fraissinet, de M. Amat, de M. Labadié.

La proposition de M. Feraud, dont on lira les excellents motifs et à laquelle se ralliaient, un peu tardivement peut-être, les auteurs de la plupart des propositions précitées, a été alors mise aux voix : elle n'a eu que 11 voix contre 15.

Et, en définitive, le Conseil a adopté, par 15 voix contre 12, la proposition de la Commission : 230,000 francs de subvention au Grand-Théâtre, et 20,000 francs au Gymnase.

Ainsi, pendant que les taxes de consommation, qui pèsent si lourdement sur les classes laborieuses et sur l'industrie, et notamment celle sur le pain, sont maintenues d'une main ferme, la ville, en 1867-1868, subviendra encore dans cette large mesure aux frais du Grand-Théâtre et du Gymnase, c'est-à-dire aux plaisirs de ceux qui ressentent le moins le poids de l'impôt.

Ce résultat est, à notre avis, fort regrettable; mais, pour nous qui connaissons l'excellent esprit du Conseil et de la municipalité, la manière dont il s'est produit contient une espérance à laquelle nous aimons à nous confier pour l'avenir.

L'année dernière, en effet, cette subvention totale de 250,000 fr. avait été votée par notre Conseil municipal à une majorité plus forte; ce vote a eu lieu cette fois à 3 voix seulement de majorité, et il y a eu 3 abstentions.

Les voix se sont réparties de la manière suivante :

Ont voté pour la subvention de 250,000 :

MM. BERNEX, maire de Marseille.
MAURANDY, adjoint au maire.
HAMAOUY, adjoint au maire.
ROUGEMONT, adjoint au maire.
GRAS, adjoint au maire.
ROUSSIER, adjoint au maire.

MM. FALQUE, adjoint au maire.

THOUREL, conseiller municipal, rapporteur.

JAUFFRET, conseiller municipal.

GARCIN, conseiller municipal.

JOUVIN, conseiller municipal.

BOYER, conseiller municipal.

ROUGIER, conseiller municipal.

GUINOT, conseiller municipal.

MOREAU, conseiller municipal.

Ont voté contre la subvention de 250,000 francs :

MM. LABADIÉ, conseiller municipal.

FERAUD, conseiller municipal.

FRAISSINET, conseiller municipal.

BORY, conseiller municipal.

DUFAUR, conseiller municipal.

AMAT, conseiller municipal.

JULLIEN, conseiller municipal.

GASQUET, conseiller municipal.

DOMERGUE, conseiller municipal.

SAUVAIRE-JOURDAN, conseiller municipal.

ROULET, conseiller municipal.

AILHAUD, conseiller municipal.

Se sont abstenus de voter :

ROUX (Marius), adjoint au maire.

GUIBERT, conseiller municipal.

BRUNO (Martin), conseiller municipal.

On peut remarquer que le vote de Messieurs les adjoints au Maire a été unanime en faveur de la subvention de 250,000 francs. Un seul parmi eux s'est abstenu de voter, c'est M. Marius Roux. Nous ne trouvons pas dans la délibération la trace des motifs qui ont motivé son abstention.

Mais le même cahier des charges qui accorde à la direction du théâtre cette riche subvention, lui impose de mettre à la disposition exclusive de M. le Maire et de ses adjoints, et par conséquent de leurs familles, sans aucune rétribution de leur part, une vaste loge d'avant-scène d'un grand luxe et d'un grand prix, absolument semblable |à celle qui, de même suite, est donnée à M. le Préfet, appelé à approuver la délibération du Conseil et dans les attributions duquel se trouve placée la police des théâtres. Ce n'est pas à dire que dans l'intention des contractants la concession de ces loges soit la contre-partie directe de la subvention accordée; personne n'admettrait cette interprétation du traité (1), et on ne saurait donc trouver là un motif absolu d'abstention s'imposant dans la délibération aux bénéficiaires de ces concessions. Il n'en est pas moins vrai qu'elles sont pour la direction du théâtre un désavantage réel et considérable, auquel celle-ci ne consent (très-volontiers d'ailleurs) que parce qu'elle en trouve la compensation surabondante dans la riche subvention et dans les autres faveurs qu'elle obtient ou peut obtenir.

Or, supposons seulement que trois de messieurs les adjoints au Maire se fussent encore abstenus de voter, comme a cru devoir le faire M. Marius Roux tout seul, ou même supposons que les voix exprimées par Messieurs les adjoints, au lieu d'être unanimes pour la subvention, se fussent partagées dans une proportion analogue aux votes des simples conseillers, le résultat de la délibération était changé et la subvention de 250,000 francs était refusée. Nous pourrions ajouter que M. de la Souchère, conseiller municipal, que l'on sait, par ses précédents, n'être pas partisan de cette subvention, n'avait pu se rendre à la séance et n'a pas participé au vote.

C'est dans ces considérations que nous puisons en partie l'espérance d'un meilleur résultat pour les exercices ultérieurs.

Nous savons qu'un abus est difficile à vaincre, non-seulement en raison de sa propre importance, mais surtout selon que les préjugés qui l'escortent et que les intérêts privés auquel il sert de base sont plus accrédités et plus nombreux.

Ici, les mille petites convenances particulières de toutes sortes qui s'agitent autour de la subvention théâtrale et qui plaident nécessairement en sa faveur, peuvent bien prévaloir pour un temps

_____

(1) Voici le texte du cahier des charges :

Art. 6.— En compensation des sacrifices que la ville de Marseille s'impose pour l'exploitation des théâtres, l'administration municipale se réserve une loge aux premières, où elle porte le numéro 1.

sur la véritable expression du sentiment public, mais ce temps nous paraît arrivé près de son terme.

Les défenseurs de la subvention de 250,000 francs croient pouvoir affirmer que, sans elle, la scène lyrique serait fermée irrémédiablement; qu'en savent-ils? un essai sérieux et complet a-t-il jamais été fait à cet égard? Avec ou sans la subvention, a-t-on jamais, depuis cinq ou six ans, ouvert comme il l'aurait fallu la porte de l'exploitation théâtrale à la concurrence et à l'adjudication? Les faits prouvent le contraire. (*Voir la note à la dernière page.*)

Mais les défenseurs de la subvention la plus large vont plus loin : « Le directeur actuel du Grand-Théâtre, même avec une « subvention de 230,000 francs, à cause des préventions qu'on « nourrit contre lui, donnerait cette année une grande preuve de « bon sens — a dit l'honorable rapporteur — en ne pas acceptant « de concourir pour la direction! »

Nous ne voyons vraiment pas où serait la preuve de bon sens s'il abandonnait une situation dans laquelle il s'est fait beaucoup d'amis et où il a gagné une très-belle fortune en très-peu de temps; car M. le directeur a dû sourire quand il a appris que M. Labadié, croyant compter large, n'a estimé qu'à cent mille francs les bénéfices annuels de la Direction sur cete subvention annuelle de deux cent trente mille francs!

Qu'on se rassure sur ce point! Il n'y a pas de raisons pour que le Grand-Théâtre ne soit pas exploité cette année, et nous gagerions qu'il le sera par le directeur actuel.

La Direction industrielle et commerciale ne sera pas pourvue de la tutelle artistique et morale dont il avait été question, mais nous ne serons pas privés de ce que M. Guibert a appelé : « La majesté « des mises en scène qui nous transporte dignement dans les « hautes sphères de l'idéal mystique, loin des froides réalités de la « vie bourgeoise! » On ne nous verra pas, comme M. Guibert y conviait ses compatriotes « prendre le froc et le cilice et devenir... « *anthropophages*, faute de musique!» Quant à son assertion « que « les anthropophages n'ont pas de musique, » nous croyons que M. Guibert est mal renseigné; comme nous avons la nôtre, les anthropophages ont une musique à leur manière : une musique d'anthropophages.

Aux enchères qui vont avoir lieu sommairement, à trop bref

délai, presque portes closes pour ainsi dire, — simulacre d'enchères, — nous estimons que M. le directeur actuel, tout en se faisant un peu prier, sera en définitive, non-seulement le concessionnaire obligé, mais le seul soumissionnaire possible. (*Voir la note de la fin.*)

Et néanmoins, malgré le succès de la proposition qu'il a habilement soutenue au nom de la commission, un regret restera à l'honorable rapporteur : « Le Gymnase, a dit M. Thourel, fait au « Grand-Théâtre une concurrence sérieuse, il lui enlève 20,000 « francs sur la subvention ! » Eh, quoi ! ne trouvez-vous donc pas que deux cent trente mille francs sur deux cent cinquante mille soient une suffisante part du lion ?

Il est vrai qu'au théâtre l'honorable rapporteur semble estimer par dessus tout le drame lyrique tel qu'il est actuellement constitué. Qu'on ne lui parle pas des œuvres « bâties sur des faits de » pure imagination, » ou « tirées des contes de Perrault, » ni des « opéras mythologiques de l'ancien régime! » Mais *Robert le Diable* ! non pas l'œuvre sublime de Meyerbeer, dont nous faisons ici abstraction entière, mais le *Robert le Diable* de M. Scribe. voilà, selon M. Thourel, un parfait modèle du beau, du bon et du naturel ;

Parmi tant de héros il choisit Childebrand !

Le diable, — vingt-cinq démons secondaires en personne, avec leurs cornes, — Alice écoutant aux portes de l'enfer et entendant « *d'horribles ébats*! » L'enfer même, en nature, avec ses colonnes, ses cloîtres, ses talismans, ses feux follets à l'esprit de vin.— Les nonnes « *Jadis filles du ciel, aujourd'hui de l'enfer* » qui sortent en foule de leurs tombes pour se livrer devant Robert, et devant nous, aux poses les plus excentriques et les plus lascives, sur l'ordre formel d'ailleurs de Belzébuth lui-même :

Ecoutez mon ordre suprême,
Voici venir vers vers vous un chevalier que j'aime,
Par vos *charmes* qu'il soit *séduit* !

— Et, pour « *séduire* » le chevalier Robert, ces trente malheureuses, mortes vivantes, trois quarts nues, cheveux dénoués, étalant à l'envi leurs « *charmes* » coram populo... Est-ce bien là « *l'idéal mystique des sphères les plus élevées* » dont on a parlé, et M. Scribe a-t-il touché **M.** Thourel à ce point que ce rapporteur, ennemi de la mythologie, se soit laissé aller, comme on le voit dans le procès-verbal, à développer devant le Conseil « assis pour l'écouter, » toute cette merveilleuse histoire de Robert, de Bertram, d'Alice, de Raimbaud, de Sainte Rosalie et du diable? On assure que M. Thourel a fait en outre une analyse du libretto de la *Favorite* et du *Comte Ory* qu'il a appelé « *une jolie débauche*».

Bien au-dessus de ces insanités littéraires, nous placerions, pour notre part, les œuvres, honneur de la scène française, qui ne sont pas tout clinquant et vains accessoires, dans lesquelles la vérité est éloquente et populaire, qui élèvent la raison publique en la corrigeant de quelque préjugé funeste, ou qui saisissent fortement les âmes pour les entraîner vers un noble but.

Donc, nous entendrons encore l'*Africaine*, *Robert* et les *Huguenots*; le *Comte Ory*, *Guillaume-Tell* et le *Barbier*; la *Favorite*, *Zampa*, la *Muette*, le *Domino* et la *Juive*, et plût à Dieu, quoi qu'on en ait dit, que plusieurs de ces admirables créations du génie des Meyerbeer, des Rossini, des Halévy, des Auber et des Hérold, tour à tour sublimes ou charmantes, ne fussent pas indissolublement liées aux ridicules féeries, aux vaudevilles immoraux ou aux drames absurdes qui leur servent trop souvent de cadre! Mais nous avons la conviction sincère que les chefs-d'œuvre immortels de la musique ne resteraient pas sous le boisseau, quand même, pour leur audition, les villes ne prodigueraient pas outre mesure, comme elles le font, les deniers que la majorité des contribuables ne leur verse qu'au prix de dures privations et pour un autre emploi.

Nous sommes d'avis, comme M. Thourel, qu'il faut des spectacles à une grande ville; J.-J. Rousseau ajoute qu'il en faut « aux peuples corrompus; » mais nous pensons avec MM. Fraissinet, Amat, Ailhaud et Labadié, que, pour payer les plaisirs élégants du théâtre, il n'est ni juste ni nécessaire de grever à ce point notre budget. Enfin, avec M. Feraud et avec les conseillers qui ont voté pour sa proposition transactionnelle, nous jugeons que pour atteindre le but désirable il suffirait de le vouloir franchement et de l'essayer avec intelligence et fermeté, en recherchant au besoin, comme l'a fort bien fait valoir M. Fraissinet, les concours simultanés, en ce sens, d'autres villes à subventions théâtrales.

On disait : « Si vous supprimez la subvention ici, ou même si vous la réduisez sérieusement, le théâtre de Marseille ne paiera plus au poids de l'or les exigeants détenteurs d'*ut* de poitrine et d'autres notes rares. Mais les autres villes continuant à subventionner princièrement ces premiers chanteurs ou chanteuses représentés et groupés par leurs agences, nous serions bientôt dans le cas de subir de nouveau leur loi. » — On a répondu : « Pourquoi les villes qui y sont intéressées ne se concerteraient-elles pas à leur tour dans la mesure nécessaire, pour aviser aux moyens de rogner un peu les listes civiles de Vasco de Gama, de Raoul de Nangis et du juif Éléazar ? »

Par le temps de démolitions et de constructions et de redémolitions et de reconstructions qui court, il est probable que, pas plus que nous, Lyon, Rouen, Lille, Toulouse, Bruxelles, Bordeaux n'ont de l'argent de reste, et, malgré les autorisations qu'on ne doit pas plus leur refuser qu'à nous de faire de temps en temps quelque emprunt nouveau pour couvrir les déficits de leurs budgets ordinaire ou extraordinaire, principal ou supplémentaire, il est à croire que ces villes se joindraient volontiers à nous dans le but commun d'épargner à leurs contribuables les subventions théâtrales abusives qui, sans cela, ne feront que grandir encore et grandir toujours avec les taxes et les cotes qui y correspondent.

Nous avons l'espérance que Marseille entreprendra résolûment cette œuvre l'année prochaine, et qu'elle y réussira. M. Thourel, M. Guibert et M. Moreau, dont l'erreur consciencieuse ne voit aujourd'hui de salut pour la scène lyrique que dans l'énorme subvention, féliciteront alors leurs collègues anti-subventionnistes d'avoir persévéré dans leurs efforts et « d'avoir bien jugé une situation et un avenir » qu'ils auront eux-mêmes trop longtemps méconnus au détriment des fonds communaux.

Le 11 mars dernier, Monsieur le Maire adressait de très-bonne grâce le même compliment à Messieurs les Membres du Conseil municipal, en leur faisant connaître le succès éclatant de l'emprunt de neuf millions de francs par le mode de la souscription publique auquel avaient été si longtemps préférées les conditions cependant bien plus onéreuses de M. Péreire, de M. Rothschild et de MM. Erlanger et C⁰.

Marseille, 5 avril 1867.

Notes relatives aux pages 7 & 8.

Le 1er avril 1867, M. le Maire de Marseille, par une affiche apposée sur les divers points de la ville, portait à la connaissance du public que la direction du Grand-Théàtre de Marseille allait devenir vacante au 1er juin prochain, et que l'exploitation allait en être de nouveau concédée, pour un an, aux conditions délibérées par le Conseil municipal et approuvées par Monsieur le Préfet, qui sont principalement les suivantes :

Troupe, complète et d'élite, d'opéra, opéra-comique et ballet. Orchestre de même.

Cinq réprésentations par semaine.

Faculté de « tenir le théàtre fermé pendant quatre mois, du 1er mai au 1er septembre. »

Le directeur jouira de tout le matériel : décors, armures, mobilier, costumes et accessoires inventoriés et déposés dans des magasins dont la location reste à sa charge. Il réparera et entretiendra ce matériel.

Le droit des pauvres, ainsi que la location de la salle, sont à sa charge. Ce droit a été fixé par abonnement, l'année dernière, à 40,000 francs.

Adjudication « au rabais sur le montant de la subvention de 230,000 francs. »

Pour être admis à demander l'adjudication, « versement préalable de 70,000 francs de cautionnement entre les mains du receveur municipal. »

Les personnes bien aises de concourir « *seront admises à présenter leurs propositions à l'administration municipale jusqu'au 15 avril, terme de rigueur.* »

Ainsi, l'affiche du 1ᵉʳ avril n'est connue à Paris et dans les autres villes de France et de l'étranger, — si elle l'est, — que vers le 6 ou le 7. A Marseille même, les journaux, qui n'en ont peut-être pas reçu communication, ne l'ont pas encore reproduite. Le terme de rigueur pour être admis à présenter une proposition est cependant fixé au 15 avril. C'est un temps de huit jours utiles qui est accordé pour étudier l'affaire, se rendre compte des précédents, des ressources et des charges, réunir les capitaux nécessaires et entre autres les 70,000 francs à verser sur l'heure, grouper les volontés et les aptitudes, prévoir les éventualités pour la formation de la troupe s'il y a lieu, se rendre compte de l'état, de la quantité, de l'utilité du matériel et du mobilier inventoriés, en vue de l'exploitation ; étudier enfin ce vaste terrain sous les faces nécessaires et indispensables : administratives, commerciales, artistiques, industrielles. Pour tout cela, huit jours, après quoi le *terme de rigueur !*

Cette prétendue concurrence à laquelle on n'accorde que ce temps de préparation n'est-elle pas illusoire, surtout si l'on considère que c'est de Paris principalement qu'il faudrait attendre les concurrents ? Et, en quoi ce terme de rigueur immédiat est-il nécessaire au bien de l'adjudication ? Nous ne le voyons pas. Il ne pourrait être utile, évidemment, qu'au directeur actuel qui, pour « *concourir* », n'a besoin, lui, d'aucune étude ni d'aucune autre organisation préparatoires. Où était l'inconvénient, pour tout autre que pour le directeur actuel, à fixer le « terme de rigueur » par exemple au 1ᵉʳ juin ou même au 15 juillet, puisque le théâtre ne rouvrira de nouveau ses portes qu'au 1ᵉʳ septembre, selon le cahier des charges ? On dira : « Il fallait donner à l'adjudicataire, après la concession, le temps de former une troupe...» Mais donnez-lui d'abord le temps qui lui est absolument indispensable pour connaître tant soit peu l'affaire dans laquelle il va engager ses capitaux ou ceux de ses amis, son travail et son honorabilité ! A lui de songer au temps nécessaire pour la formation de sa troupe, le cas échéant ; à vous de ne pas repousser du concours par votre terme de rigueur, implicitement, mais à coup sûr, tout concurrent sérieux autre que M. le directeur actuel. À quoi et à qui servira-t-il que vous ayez ménagé au futur adjudicataire le temps de former sa troupe, si vous ne laissez à aucun postulant nouveau le moyen de se préparer à l'adjudication et d'y concourir?

Enfin, et sur ce point nous appelons l'attention consciencieuse et éclairée de notre administration municipale, la délibération du Conseil approuvée par M. le Préfet porte que « *l'exploitation* « *théâtrale sera mise aux* ENCHÈRES, *le rabais devant s'appliquer* « *au chiffre de la subvention* »

Or, qui dit enchères, dit ou extinction des feux, ou soumissions cachetées remises et ouvertes à jour fixe, en séance publique, sous les yeux des intéressés et le contrôle de l'assistance.

L'affiche ne parle pas « d'enchères, » elle énonce seulement une « *adjudication* au rabais sur le montant de la subvention.» Elle fait savoir aux personnes bien aises de concourir qu'elles seront « admises à présenter leurs *propositions* à l'administration muni- « cipale jusqu'au 15 avril » et elle ne s'explique pas davantage sur la forme des propositions, ni sur le jour et l'heure où l'adjudication devra être déclarée.

Nous ne comprendrions pas une adjudication donnée à la suite de propositions dont le secret ne serait pas absolument garanti et qui, si elles venaient à être connues, soit par accident, soit par l'indiscrétion d'un employé, pourraient mettre la concession à la merci de quelque heureux soumissionnaire qui viendrait à la dernière heure, en pleine connaissance de cause, offrir tout juste le rabais suffisant, avec la certitude de n'être pas évincé. Cette considération est de nature à éloigner encore les postulants ou à ne pas les attirer, s'il pouvait y en avoir.

Marseille. — Imprimerie ARNAUD, CAYER et Cᵉ, rue Saint-Ferréol, 57.

www.ingramcontent.com/pod-product-compliance
Lightning Source LLC
Chambersburg PA
CBHW061435170626
46811CB00005B/2286